ひとりじゃないよ

星の恵

文芸社

ひとりじゃないよ

星の恵

文芸社

ひとりじゃないよ

Hoshino Megumi
星の恵

自己主張

私はあなたに愛されたい
私は家族に愛されたい
でも私も家族を愛し一緒にいたい
ずっとどんな時も…　ずっと

ひとりじゃないよ

まえ書き

この本を手にしてくださってありがとうございます。

私は５年前　３才の子供と旦那と毎日

おだやかな日々を送っていました。

第二子はまだなの？　親せきや色々な人に言われ

私も　イラダッていたのでしょう　不妊治療にも通い

旦那もつらかったと思います。

５年前　やっと第２子が私のお腹にやどった時

旦那から実は…と浮気をしてた事をつげられ

とてもつらかったです。

それでも産んでしまえばこの人はかわってくれる

そう信じて　妊娠生活を送り　がんばりました。

そして第二子誕生　子供の世話で忙しい毎日でした。

けれど突然　家事が出来なくなってしまったのです。

かと思うと　何をする気もおきず　病院へ行きました。

これが私のうつ病の始まりでした。

ゆいいつ　私の心のまま詩にする事が

私の救いでした。

気持ちいい事

淋しい時　哀しい時　くやしい時
自分でなくなりそうな時
そんな時に　大好きな人に　ギュって包まれていたいな

兵隊のお人形

一列に並んで　1・2　1・2　いつも　いちに　いちに
私も兵隊のお人形さんになりたい
皆同じ思いで　同じ歩幅で…　それは　きゅう屈?
私は　それでも　兵隊のお人形さんになりたい

ハート

時々思う　ひとに心がなければいいのに
そしたら淋しかったり　苦しかったり　哀しかったり　にくしみも　消えるのに
でも　心がなかったら
大好きな　あなたと　笑い合う事も　出来ないんだね

子供への想い

どんなにも苦く哀しい事があっても　それに負けない強い心と
他人《ひと》の心の痛みを思いやる事のできる　優しい心を持った
大人《ひと》になって欲しい

お母さん

〝大好きだよ〟 そんな想いで抱きしめた
「お母さん　痛いよ　どうしたの？」
昨日も　その前も　あんなに　ひどく叱ってしまった
大好きだから　誰からも　愛される子になって欲しくて…
そんな想いが強い私は　いつも　いつも　ひどく叱ってしまう
あれ程までしなくても…　それでも　お母さんと　呼んでくれる
〝ごめんね〟 そんな想いで　抱きしめた

天使

オギャーオギャー今日もどこかで　また　ひとつの命が生まれた
あなたは　１人じゃ　まだ　歩く事も　食べる事も　出来ない
でも　たったひとつ　たったひとつの事だけど　すごい事が出来る
あなたが　そこにいるだけで　みんなが　ほほえむよ
すごい力《パワー》だね

記憶

私の頭の中には
哀しかった事　苦しかった事で　いっぱいだ
でも　少しだけ　心が温かくなる様な事もある
がんばれ　消されないでね
私が明日という日に行くには　大切な記憶なの

後悔

あなたに食べて欲しくて　あなたの笑顔が見たくて
熱があって体がだるくても　おなか痛くても
ただ　それだけの為に　がんばって
ごはんやケーキを作った
ケーキはあなたの Birthday だったから
あなたの笑顔想像した　そんな自分に苦笑
「お帰り～今日ねあのね」「ごはん食べて来たから今日いいよ」えっ！
私は　ひとり　台所で泣きながら　全部　ゴミ箱へ捨てた
次の日　ゴミ箱を見て思った　ケーキだけでも　食べたかったな

臆病

だ～い好きって言って抱きつきたい
手つないでって言いたい
一緒にこのままいたいって言いたい
でも　私達のこの距離
この欲望を　あなたにしたら
あなたが　どんな顔をするんだろう
恐くて　何もできず
あなたの笑顔に精一杯　照れ笑いする私は　臆病者

衝撃

ショックがね　強ければ　強いほど
その時　涙が　出ないんだよ
不思議だね　現実逃避したいのかな
目の前が　真っ白になるんだよ
ショックはね　雷みたいだね

人恋しくて

人の温もりが欲しい時がある
どうしようもなく　人の温もりが
つかれたよ　心がそうさけんでる
誰か私を救って下さい
あなたの温もりで
どうしよもなく抱きしめて欲しい時がある
哀しくて涙があふれて
誰か私を救って下さい
一緒にとなりに座っていてくれるだけでいい
心のさけびが和ぐまで
勝手なお願いだね

X′masツリー

クリスマスツリー　11月かな　もう街中はクリスマス色楽しそう
私もクリスマスツリーなかったからもらったんだ父に
孫かわいさにお金はたいて買ってたな
「家に帰ったらお父さんと飾ろうね」そう言ってあなたの帰り待ってたの
もうＡＭ２：00息子は待ちつかれて寝ちゃったよ　あんなに楽しみにしてたのに
ドアの開く音…あなたは泣いてた　なぜ?
浮気してたこと黙っててくれて良かったんだよ私と別れる勇気がなかったのなら
なのにどうして…あなたはまたどこかへ行ってしまった
途方に暮れた私のもとに息子が「おとうさんは?」涙流しながら「まだ帰ってきてないよ」
私が言うと「明日みんなで飾ろうね」って「お母さんは今日が良くて泣いてるの?」って
一緒に飾ったよねＡＭ２：30こんな夜遅くに
きっとサンタさんは来るよ　お母さん想いのやさしい天使のところに

X′mas ツリーがこわくて

クリスマスツリー　あなたからの告白〝浮気してた〟
それから　この季節になると「クリスマスツリー出そうよ」という子供の声に
とまどい結局出さずにいる母親の私　いけない母親だよ
何年過ったかな　私の父にもらったクリスマスツリー処分して
新しいの飾ったの　子供の喜ぶ顔に少し救われた
でも　私はあの頃にタイムスリップしてクリスマスツリーがこわい
何もせずただ光ってるだけのツリーが…

明日

もしも　明日という日が　来なければ
精一杯　今日という日を　生きようとするのかな

自分らしく

強い人なんていないよ
強がってないと自分に負けちゃうから
誰だって心にやすらぎが欲しいはず
なのにそのやすらぎを手に入れるのが
あまりにもムズカシすぎて
泣きたくもなるんだよ
それでいいんだよ
弱くても自分だもの
心がつかれたら休めばいいよ
強くなれる日がくるから
自分らしくかっこわるくても笑われても
自分らしく素直に
それが生きるって事なのかもしれないから

小さな先生

この苦しみから逃れたい
もう消えてしまいたい　終わりにしたい
そんな時　私に教えてくれた
「誰ひとりとして　死んでもいい人間は　いないんだよ
命はひとつしかないんだよ　大切にしなくちゃ」
私はハッとした。８才の我が子に

寝顔

スヤスヤと気持ち良さそうに
寝息をたてて寝むる我が子
こんな何も出来ない母親だけれど
大好きだと言ってくれる
かわいい寝顔を見てると
何もしてやれない自分が情けなくて
ごめんね
病気の私に気付かれして
いつの間にか寝てしまったね
少しでいい　少しでいい
この消えてしまいたいという思いが
なくなってくれたら
この子達に気を使わせずにすんだのに
こんな小さな子に
スヤスヤと寝る我が子
どうか夢の中では私と楽しく遊んでいて

くもり空

真っ白でもなく　灰色でもなく
何か言いたそうな　哀しみをかかえて　今にも泣き出しそうな
そんな空は　私の気持ちを分かってくれそうで
ずっと部屋の中から見上げている
雨にならないでね　私も泣いちゃいそうだから

いっぱいのありがとう

街にありがとうの言葉があふれていたら
優しい気持ちも　あふれてるんだよね
「ありがとう」優しくされたら素直に言える
その気持ちを　いつも　忘れずに過ごそうと思う

大きくなって分かった事

私はいっぱいの優しさに包まれて育てられた
おこられた時もあった　くやしいと思った時もあった
だけど　憎しみという気持ちは生まれなかった
いつも　きびしかったけど　憎しみという気持ちは生まれなかった
今、大人になって思う
きびしさの中に私を思う〝優しさ〟が言葉に混じってたんだろうな
だから　私は人を今まで　憎いと思わずに　ここまで　これたんだと思う
照れくさくて　何も言えないけど
私は　お父ちゃんとお母ちゃんの子で良かったよ

タバコ

今日少し通帳に残った
あ〜なんてやりくり上手な私？
違うよね　いつも通りの生活出費してたもの
お父さんが寒くても　満員電車で　つぶされそうになっても
家族の為に　いつもより　い〜っぱい働いてくれたんだよね
ありがとう　おつかれさま
そんな気持ちを込めて　タバコを買った

幸せ者

心から　おなかの底から　大声で笑い合う事の出来る人と
めぐり逢えた　私は　幸せ者

悪口

楽しかった事や嬉しかった事だけを話して暮そう
でも　くやしかった事　哀しかった事　淋しかった事も話して暮そう
でも　決して人の悪口は話さないで暮そう
「王様の耳はロバの耳」穴を掘って言っちゃおうか？
ダメ　ダメ　広がるよ　人々に
悪口は　心にしまっておこう　カギをかけて
そのうち　忘れる時がくるから

腹時計

ここのところ食欲がない
それでも何か食べようと口にするけどおいしくない
寝そべって　背伸びした
「キュルルルル」　鳩が鳴いたみたいだった
時計を見たら　ちょうど12時
どうやら　私の　腹時計は　正確らしい

雨

傘ささないで歩いたら
私の中のもやもや　全部　流れるかな
でも　風邪ひいてしまいそうで
やっぱり傘さしてしまう
私に勇気を下さい

君十色

笑ったり
泣いたり
はにかんだり
おこってみたり
そうかと思うとしらんぷりしたり
それから　それから
とにかくそんな君に振りまわされても
僕は君の事が大好きです。

やつあたり

今日　ボクはやつあたりされた
ムシャクシャした気持ちで　いっぱいだ
帰り道　たんぽぽをもぎとり　ポチの足をふんずけ
家の戸をバタンと崩れるくらいしめて　ランドセルを投げつけ
妹のオモチャをほうり投げ　向かって来た妹の頭を　ポカンとなぐり
家の柱を　おもいきり　けとばした
そしたら壁にかかっていた　コルクボードが　ボクの頭に　ゴツンと落ちてきた
そこで八つ当りは終わった。
コルクボードには　家族写真がはってあった
ごめんなさい。

口を開かないで下さい

もう言わないで下さい　それ以上は
あなたの口が開いてくのが恐い
「サヨナラ」言われそうで
分かってるんだ　本当は　でも
心では信じようとしてる
心負けない様に　一生懸命
手をグーにして
だから　何も言わず抱きしめて下さい
信じたままのサヨナラなら次に進める気がするから
あなたの気持ち何故か分かっちゃうんだ　ヤダね

失恋

いいんだよ　本当に
私は旅立つから
ひきとめる振り　いつから覚えたの？
そうゆう人じゃないでしょ
じゃあねバイバイって　それでおしまい
振り向かないよ　涙が流れて止まらない
最後まで　気の強い女と思ってて
でなきゃ　飛び込んじゃうよ　君の胸の中に
魚のように　泳ぐよ
だから　優しくしないでね　バイバイ

お迎えの時間

あの子は私を本当に必要としているのか自信がなくて
叱ってばかりいる私が恐くて
迎えに行くと笑顔でとびついてくるんじゃないかと思い
自信がなくて
お迎えの時間を「30分ぐらい遅くなります」と連絡ノートに今日は書いた
その前は「15分ぐらい」だったのに
誰か自信を下さい
本当にあの子は私の事必要なのでしょうか
違う誰かに育てられた方が　いい子に育つのではないでしょうか
あの子は　私の事　好きなのでしょうか？

お迎えの時間～答え～

お母さんじゃない方が　こんな叱ってばかりのお母さんじゃない方が
もっと　いい子に育つよ　きっと　お母さんは必要ないよね
ごはん食べたければ　コンビニもファミレスもあるし
そうじしたって　すぐちらかすし
洗たくだって　コインランドリーあるし
お父さんさえ　いてくれたらいいよね　もういいよね
「違うよ他の人はお母さんじゃないよ
僕たちを産んでくれたのが　お母さんだから」

病い～家族へ～

今はとても言えない
今はいいお母さんだとも
今はいい奥さんだとも
今はとても言えない
だけど「良くなるからね」
その言葉を信じて
３人の笑い声を聴きながら
心が哀しかった
４人の笑い声になるまで待っていてね

私は氷

身体も心も氷ってしまった
私は氷　カチンコチンでとても冷たい
私を温めて下さい
身体を抱きしめてくれても　ハートで抱きしめてくれなければ
私の心まで　温かさは　伝わりません
どの位かかるのでしょう
私の心まで　あなたの温かさが伝わるまで
それまであなたは私を抱きしめている想いは　あなたにありますか？
中途半パで抱きしめないで下さい
私の心が動くまで…
私の身体が溶けて　心まで溶けて　消えてしまいます
中途半パな優しさは　私を消してしまいます
あなたに想いはありますか
「君を助けたいよ」そんな想いが…
中途半パはやめて下さい

私の命

私には生きてる価値があるのでしょうか
私には母親としての　自信がありません
私には妻としての　役割は出来ていません
そんな私に生きている価値はあるのでしょうか
教えて下さい　生きてく意味を
教えて下さい　死んでいく意味を
心は病んだ人間は誰かを知らず知らずうちに傷付け
それにも気付かず　息をしている
私には息をするこのすんだ空気のかけらを頂く価値はありません
〝そこにいるだけでいい〟本当にそんなことはあるのでしょうか
私の命は消えたいと思っています。
人の命の価値は誰が決めるのでしょうか？

秘め事

この広い青い星の上で　あなたと出逢い恋をした
それだけで幸せ
あなたとの恋を　愛という形にして　命が誕生した
こんなにも　美しい時の中で過ごせた事を　心で優しく包んで
こわれてしまわぬ様に
優しさの中で1日1日過ごせる
出逢えた事に　きせきを感じ
あなたと　小さな命を
優しさと　ありがとうを　心に秘めて過ごそう

Friend

あの時　出逢っていなければ
あの時を共に過ごしていなければ
こんなにも　幸せではなかったかもしれない
声を聴けばホッとして　逢えば心が落ち着いて
自分をつくる事なく　心から笑い合える
そんなあなたと出逢えて　私は幸せです
これからも一緒に年を重ねていこうね

あなたがいるから～親友～

心の中にあなたがいるから
負けたくない　１番になると言っていた
そんなあなたがいるから
私も私の道を迷子にならない様に
ゆっくりとゆっくりと歩いていきます
前を照らして進んでいってくれる
そんなあなたがいるから
光を見失わない様に歩いていきます
心の中にあなたがいるから
ありがとう　あなた

私でいるために

良かった　本当に良かった　あなたがいなくなると　私でいられなくなるの
愛してるとか　好きだとか　声で伝えて欲しいと思った事もあった
でも　今は　お互い　顔や声で相手のこと感じられるから
心で感じられるから
たまには　すれ違う事あっても　それで又心通わすこと出来る
そんな強さを持てたのも　あなたとだから
他の誰でもない　あなたとだから
良かった　本当に　あなたいてくれて

心の病み

あの人は分かってるって言った　あなたの事は　分かるって
そんなの嘘だよ　だって　心が病いもの
あなたの声　あなたの一言が　心にささり　苦しいもの
あなたのほほえみが　つくりものと思ってしまう
そんな　自分　嫌だけど
哀しみと苦しみの糸でぐるぐるになり　もがく自分がいる
あなたに私は何かしたのでしょうか
思いあたりません　何も　何も
ごめんなさい　話も出来ない　それは許して下さい
そばにも　顔も見たくない　許して下さい
あなたは分かってるって　私の事
それは違うから…

未来

この先　何があるか誰にも分からない
苦しみや哀しみや淋しさ
そんな時が自分を　おそうかもしれない
それでも生きてく
ひとは先が見えなくても1日1日
生きていく
不思議だね　恐いと思わずに
ただ生きるんだ
でも　多分　心の深い深いところで
希望という2文字が小さな光を力強くはなってるから
人は　生きられるのかも　しれないね

夢かなえた時

夢を追い続けてる時が一番苦しいのかな
夢を追い続けてる自分が一番輝いているのかもね
だって夢を達成したら達成感と充実感で満たされるけど
その後　どうすればいいのかと思う
その後の事を考えられる君は
私よりも　とても強くて　前向きな人なんだね

強い人と弱い人

太陽の光をあびて背伸びして〝今日もがんばるぞ〟と
言えるあなたは自分でパワーをよべる人でしょう
私は太陽の光をあびて体が痛いです　チクチクと
せめて　大きな木があって　丘でもあって　そこに寝そべり
葉っぱからこぼれる　小さな　小さな　こもれ陽と
静かに　そっとふく　そよ風　それで少しのパワーをもらいます
目をつぶり夢を見ます。明日を生きてる自分を…

YOU&ME

やさしすぎると困る
言葉にできないでいるのでしょう
声にしなくちゃ伝わらない事もあるんですよ
ほら　勇気を出して言ってみて
そしたら　あなたと私　もっと強くなれるから

ミラーな私

いつもカガミばかり見ている
私をいつも　見ている
気になってる　人から　どう見られてるか
そんな気弱な私なのに
いつも　人からは　正反対の私に見られてしまう
私自身が　カガミになってるのかもしれない

私の秘め事

人を愛すると何も手につかなくなります
あなたの事を想ってばかり　だから
心が温かくなったり　せつなくなったり
私が私じゃないみたいで　恐くなる時があります
あなたから電話が来た時はドキドキしたの
心がゆれたんだよ　はちきれそうだった
あなたの声　ここちいいんだ
いつまでも　あなたと　あなたと時をきざみたいよ
言えないけどね

初恋そして死別

この人の前では精一杯の笑顔でいよう
この人の前では弱さは出さず明るく振る舞ってよう
この人の前では涙なんか見せないでいよう
本当の姿の自分を見せないでいようとしていた恋　嫌われるのがこわくて
でも　あの人は　そんなの　いつも　おみとおしで
涙出そうなくらいくじけてる時　頭をポンとたたいて振り向き笑い通り過ぎてく
淋しい時は私にちょっかい出してきて笑わせてくれた
本当の私を分かってくれて　いつも抱きしめ　ささえてくれた人
一度だけ言葉で好きだよとテレくさそうに言ってくれた人
だけど心で包んでくれた人　いつも　いつも
別れがくるのを知ってたかの様に　毎日毎日新鮮で
私とあなたは　はじらいながら　ジャレていた
突然の別れに私はあなたに何も出来ずに　さよならも言えずに顔も見れずに
ただ涙がわき出て止まらなかった

今でも　あの少し　はにかんだ笑顔が目に浮かびます。
私に羽根があれば　あなたの所まで飛んでいけるのに
あまりにも　無力で哀しい
人を愛するやすらぎと命のはかなさを　私は　あなたから　教えてもらいました
胸の深い深いところに　今も　あなたがいます

消えたあなた

夢に見たよ君の事
かわらないあの笑顔
とてもとても嬉しくて
会話をしたのも
起きてもはっきり覚えてた
私の事　忘れてくれてなかった事
とても嬉しくて
でも　夢でしか逢えないから
あなたにふれられないから
少し哀しいよ
でも又、夢で逢えたら嬉しいよ

ローソク

ゆらゆら　ゆれてる火が少しの光をはなって
ローが少し溶け流れ固まり
不思議な形になりました
小さくて　ボテッとして
それでも火を小さくともしています
最後まで力つきるまで　自分のやる事をまっとうしようと
私はそんなローソクに負けている
ゆらゆらゆれても　消えたくても
自分を信じて　生きなければいけないのに

2人なら

哀しいからなの？　淋しいからなの？
何故に涙あふれて止まらないの？　不安なの？
何がそんなに　あなたを苦しめているの？
私には　何もしてあげられないの？
私は　とても小さくて無力だ
けれど　あなたの笑顔大切です
私にはエネルギーです
だから　そんなに自分を責めたり消えたいと思わないで
私が　あなたをすぐに抱きしめて
2人なら　強くなれるよね
きっとその涙は　嬉しい時にあふれる様になれるから
だって私達は　この世に生まれて来た喜びを
泣き声と共に　始まったんだから

大好き

「手をつなごうよ」私が言うと
めんどくさそうに　手をつないでくれる
少し　くすぐったいね
こうして2人で　いつまでもいたいね
きっとあなたはいつも　いやいやだけど
でも叶えてくれる　私のわがまま
そんな優しさが　あなたが好きです

ありがとう

受話器の向こうの　あなたの声
顔が見えないけど　とても温かい気持ちになる
私が落ち込んでる時　決まって電話が鳴る
ありがとう
私は色々な人に守られているんだね
一人ぼっちだなんて　思っちゃダメだね

ひとり

助けてよ　誰か助けて
とても恐いよ
何故か　分からないけど
一人はいやだよ
始めて気付いた
一人じゃ何も出来ない自分に

トンネル

人を信じられなくなると
とても人が恐くなる
うたがう気持ちも生まれてくる
人生には　こんな事もあるんだ
哀しいね　何もないのに　うたがうなんて
憶病な私　自信がない
たった1度のトラブルでこんなになるなんて
でも出口のないトンネルなんてないよね
信じて今日も生きてく

不安だから

いつもやる事をあたり前の様にこなす
病いになってからあなたは
「がんばらなくていい」と言ってくれた
違うよ　がんばらないと
いつかあなたがどこかへ行ってしまいそうだから
がんばるんだよ
「完ペキなんて求めてないよ　そのままでいいよ」
その言葉はあなたの優しさ
今は仕方ない事　そう思ってくれてる　ありがとう
だけど　どこかへ行ってしまいそうで
いつも　やる事をあたり前の様にこなす
今日も　明日も

本当の優しさ

見返りを期待して　優しくするなら
優しくしなくていい
いつだって　気持ちで優しくしようよ
人に優しくされたら　ありがとうと言い
いつか自分が助けてあげられるくらいの大人《ひと》になったら
助けてあげよう。優しくしてあげよう。
心が動けば　他の人にも伝わるから

もう二度と

もう二度としない
その時にはそう思う
なのに又同じ事をしてしまう
何故かな
その時の痛み苦しみ哀しみ
全部いつのまにか忘れてしまうから
もう二度としない
それは　その場しのぎの決心なんだ
本心なのに　本心じゃなくなる
私は嘘つきじゃない

すれ違い

あなたの背中におでこをつけて寄りかかる
あなたは何も言わず　そのままの姿勢でいてくれる
「安心するんだよ　ホッとするんだよ」
私の言葉にあなたはうなずく
私はあなたがいないとダメです　心がこわれてしまう
あなたも同じ気持ちだと嬉しい
けれどいいです　そばでこうしていられるだけで
一度こわれた心は　こうやっていやしていくしか　それしか
それが精一杯で　２人には病《つら》いね

身をもって

死んだらどこへいくのかな
死んだらどこへいくのかな
死にたいよ　死にたいよ
がまんするのが精一杯
どうしてがまんしなくちゃいけないのかな
どうして死んじゃいけないのかな
死ぬのは簡単
生きていくのは苦しい
どうして苦しくても生きなければいけないのでしょう
身をもって命のはかなさを子供に伝える事は
いけないのでしょうか
教えて下さい

足どり

見失うよ　そんな事してたら
まっすぐ明日《まえ》を見て過ごそう

吸いがら

あなたが残したタバコの吸いがらを
あなたがこの家に　戻ってくるまで
捨てないでいよう
あなたのかわりの吸いがらは
あなたが戻るまでの心の支え
1本でも　残して欲しくて
あなたのそばで立ち話をする　きまってタバコを吸うあなた
灰皿へ押しつけ火を消したなら
それは私の心の支えとなるんだよ
あなたは知らない

がんばったね

自分をほめてあげよう
何も出来なくても　がんばった時も
自分を責めてばかりじゃ
消えてしまいそうだから

小鳥たち

赤い実を食べたら赤くなり
青い実を食べたら青くなり
黄い実を食べたら黄色くなり
それじゃあ　あまりにも　かわいそう
もっともっと　色んな実を食べて
色々な色に染まって
はばたいて欲しい

あなたからの言葉

完璧なお母さんや妻をお前に求めてる理由《わけ》じゃない
出来る時に出来る事をやればいい
あまり自分を追いつめる事をせず
そのままのお前がいいから
あなたの心からの言葉で
毎日救われ一日一日を過ごす事
生きていく事が出来る
あなたの心からの言葉信じて
私が私になる日は近くなる

我が子

私が涙する時はギュッとしてくれ
私が笑う時は　そばで笑ってくれ
私がおこっても　それでもつながっている
気を使わせてる　そんな悪い母親
私じゃなければ　この子達はどんな子に育つだろう
もっといい子に育つかもしれない
「違うよ　新しいお母さんが来る来ないじゃなく
　お母さんは一人だから」
それは　それは　あなた達の素直な気持ちと信じて
嬉しく思う　ありがとう　あなた達がいてくれて
私は幸せ者です。

友達

ごめんね。ありがとう。
いつも助けてもらって
私がする暗い話も　少しもへんとも思わず
心からの言葉で返してくれ
まちがいは正してくれ　笑顔をくれる
ごめんね。ありがとう。
それが私の今の気持ちです。

友達Ⅱ

私が傷付いて涙しても　話を聞いてくれる人がいる
私が淋しくて死にたくなっても　話を聞いてくれる人がいる
話を聞いてくれる人がいる
何て私は幸せ者なのでしょうか
迷惑かけて暗い話ばかりして何てずうずうしい私
それでも皆　いてくれる
おかげ様で生きてます　今日も
ありがとう　何百回言ってもまだたりません

押しつけたらいけない～勝手なお願い～

遊びに出かけて沈んだ顔で帰られると
私はとてもがまんならない
やり切れぬ哀しみにつつまれる
と　同時にくやしさも生まれる
楽しめなくなってしまう事あなたしちゃったんだ
仕方のない事
だけど思いきり笑顔で無事に帰って来て欲しい
だけど思いきり楽しんで話をいっぱい聞かせて欲しい
それは私の勝手のお願い
それは本当　私の勝手のお願い
出来たら
楽しい土産話たくさん聞きたい
あなたの笑顔で
私も笑顔になれるから

息子

いつもはボーッとしている子
親の手離れて　1泊2日でキャンプへ行った
お土産話をたくさんしてくれて楽しかったのが良く分かった
土産を小使いで買って来てくれた
せんべい好きの父さんにせんべいを
オモチャ好きの妹にオモチャを
コンペイ糖好きの自分にコンぺい糖を
私には福郎のキーホルダーを
苦労をしない様にと
ボーッとしている子だと思っていたが
この成長ぶりに嬉しい反面
少し淋しい気持ちも心に残された

親は友達を選べない

あの子には何かが足りない　それは愛情
そして　私は　自分の子が　あの子を友達として
つき合っている事、見守っているだけしか出来ない
あの子に　愛情を注いであげられるのは　親だけ
我が子よ　どうか道をそれずに明日《まえ》を見て進んでいって下さい
我が子は　私のカガミ　それも忘れずに
見守っていきたい

竜也

ごめんね　帰って来たのに気付かなくて
寒かったよね　雨の中1時間30分
傘さして道路の方を向いて立っている姿
「竜也」大声で呼んだ
振り向いたあなたは涙目で鼻水たらし
ほほも手も冷たかった
「ごめんね」抱きしめた
あなたは何も言わない
私を責める事もしない　ほほ笑んでくれた
あなたは誰にもついていかない
きっと近所にいるはず
私はすぐにあなたを見つけた
あなたと私　親子で良かった
あなたが私の子でいてくれて良かった

淋しい鳥

淋しい鳥は何も食べれず
淋しい鳥は飛べません
淋しい鳥は鳴く事も出来ず
ただ永眠につくのをまつばかりです

お願いだから

どうしたらこの旅立ちたいと思う気持ち　消せるだろう
この旅立ちで　私は　きっと楽になる
あの子達は　私と一緒に行くのも拒み
私が旅立つのもダメだと言った
だけどこの苦しみは
このやり場のない気持ちは
誰か私の中にいる気持ちをつかみ捨てて下さい
この私のほとほとあきれる
この私の身心を抱きしめて下さい
強く　おれるくらい

羽根は２つ

人は何も知らないで生きている
だけどね
誰にでもあるんだよ　幸せと哀しみは
だけどね
何がおこるか分からない　それは
明日になるまでのヒミツだから
ドン底の苦しみ　泥船にのった航海
ヘビのネックレス
だけど誰にでもあるよね　きっとあるよね
なくちゃ困ってしまうものあるよね
信じたい　天使が　悪魔じゃないことを

忙しいあなた

逢いたい時にあなたはいない
救ってもらいたい時にあなたはいない
出張とか会社の都合とか分かってる
でも　逢いたいよ
私はあなたにとって何なのかなとか
たんなる私の我がままとか
色々考えてしまう
もうダメなのかなとか
でもね　あなたの声やさしいから
ついつい　明日こそはって思ってしまう
そばにいる優しくしてくれる人に
心ゆるさないうちに
お願い　私を抱きしめて

あなたの愛が欲しい

心が泣いている
あの日から泣いている
あなたに必要ないと言われた日から
ずいぶん　がまんして来たのに
子供がいるから安心して来たのに
今さら心が泣いている
愛を　子供達を愛して下さい
でなきゃ　心が病《いた》くて死にそうです
あなたじゃなければいけない
私の心はこわれてます

私と海

哀しくてたまらなくて涙する時　海に出た
涙と海の水はしょっぱくて
誰かの胸で泣きたくなった
淋しくてたまらなくて死にそうな時　海に出た
砂浜に書いた文字を波がさらって行くように
私もさらって欲しかった

ガラスの心

人の心はガラスで出来ている
すぐに　こわれてしまう
人を信じ　愛しすぎると
私の心はこわれてしまった
あなたは他の人を愛してしまったから
私の心は　もう　もどらない
どんなに　あなたに抱きしめられても
涙しか出てこない
いっそ私のことを忘れて下さい
私は消えてしまうから

あなたにとっての私

ぐちを言ってもいいんだよ　私には耳がある
淋しかったら　手をつなごう
哀しかったら　私の胸で泣いてもいいよ
くやしかったら　私にあたってもいいよ
そのかわり
嬉しかった事や楽しかった事
真っ先に私に教えてね

分かっているのに

現実を見ようとしない
明日《まえ》を見ようとしない
後ろばかり振り返り
ため息ばかり
本当は知っている
私はもっともっと楽しくなる事も
自分で道をひらいてゆっくりと
一歩一歩進んで
そしたらきっと　幸福つかめるって

優しい子へと育つように

陽だまりのように温かく
のんびりとした時間《とき》の流れの中で
子供達を見守り
希望と夢をポケットの中にしのばせてあげたい

捨てたい気持ち

哀しい気持ちにさせないで下さい　泣きたくなります
淋しい気持ちにさせないで下さい　消えてしまいそうです
涙はあふれ止まりません
私にもしこの命つきるまで　やらなければいけないない事があるなら
言って下さい。
そして哀しみも淋しさも気持ちから捨てます

この後　私は　すいみん薬を大量に服用し意識を失った。

あなたに救われて

うっすらと会社へ行ったはずの旦那の姿が目に浮かび
私はタンカに乗せられ
それからの事はおぼえていません
たしか　すいみん薬をたくさん飲んで死のうと思っていました。
後で分かった事だけど旦那の会社にＴＥＬをして
「これから死ぬから　さようなら」と言ったそうです
ドアのチェーンカギがこわれていたのも　そのせいだったみたいです
一生けんめい　私の命を救ってくれた
あなたをどこかで信じきれてなかった事ごめんなさい
私はあなたに助けられ
もう馬鹿な事をするのはやめようと思いました
あなたを信じようと思います

涙が乾いたら

この涙がかわくまで
あなたが私の事抱きしめていてくれるのなら
涙を思いきりあなたの胸の中で流し続けたい
あなたに抱きしめてもらえるのなら
涙が止まらなくてもかまわない
けれど涙がかわいてしまったら
あなたはどこかへと行ってしまうのでしょうか
あなたはそれでも私を抱きしめていてくれるでしょうか

入院

私はうつ病で入院した
家にいた時は　とびきり家族に悪いと思った
けど　いざ　入院したら
私より長く入院してる人や　重たい病気の人もいた
私はその人達から見たら　きっと　うらやましがられるだろうな
日々過つにつれ　のんびりとした時間《とき》が
私を包んでいやしてくれるのが分かる
早く良くなって家族と笑い合いたい

喫煙席

あなたが1人窓辺　空を見ながら　タバコを吸っていた
空は真っ暗くて淋しいよ
でも私はタバコ吸えないから　遠くから見てるよ
空は真っ暗だから

金魚

赤色金魚は恋をして赤くなりました
チュッとキスをして　もっと赤くなりました
まるで昔の私達のようでした

淋しい人

淋しいと人間は死んでしまいます
消えてしまうと　もう二度と
戻れない事も　知っているのに
淋しさがこみあげて
呼んでいます　誰か助けて

恐い夢

夢を見ました　でもすぐ忘れてしまいました
とても恐い夢でした
朝起きても　学校行っても　恐さは消えませんでした
でも　友達とサッカーをやったら楽しくて
恐いのはどっかへ行っちゃいました
ぼくの友達はすごいです

雪の降る夜のけんか

雪が降って来たよ　手のひらの上であっという間に
溶けて消えちゃうの
少し寒いけど街のかたすみで立っているの
あなたは来るはずもない
だって私…私の心をあなたの所に置いて来たもの
今頃あなたは時計をながめてるはず
私はもう少しここにいます
昨日は私も悪かったよね　素直にあやまれずに
ごめんね　私もう少し頭冷やして帰るから
そしたら素直に言えそうだから
何も言わずに抱きしめてね

あなたへ

あなたがもしこれを読んでくれていたら　とても嬉しいです
あなたは　とても　まじめで　働き者で
少し言葉はたりないけど優しくて
私にはきっともったいない程の人です
何かのえんで　こうして夫婦になれて
子供にも恵まれて
でももし私じゃなければ　きっと
あなたが苦労しなかったよね　ごめんね

一生の愛

私が「好きだよ」と言ったら
あなたは「愛してるよ」って言って欲しい
私があなたを想う気持ちが強いから
あなたにはそれ以上の気持ちを求めてしまう
ごめんね　私は愛されたいの
一生に一度の人として　あなたと結ばれていたいの
ごめんね　我がままを言ってしまって
こんな私は　あなたには重すぎると思うけれど
私のお願いをきいて下さい
「私を私一人だけを一生の人として下さい」

愛する人へ

どうして人は人を愛するのでしょう
私は思います　一人では淋しいから
どうして人は愛するのでしょう
私は思います　心に安らぎが欲しいからだと
愛という字は　ひとつだけれど
とても素敵な言葉だと思います
人を愛し　愛され
私はあなたに愛されたいです
あなたは　どうですか
私を愛してくれるでしょうか

大切なあなた

あなたが淋しい時　私はそばにいてあげたい
あなたが哀しい時　私はそばにいてあげたい
あなたが嬉しい時　私はそばにいてあげたい
どんな時も　私は　あなたと時をきざみたい
いつの日か別れの時がきても　私はあなたといたい
だから私より先に消えないで下さい
私が消えても　あなたの心の中で私が生きていられる様な
そんな時を過ごしましょう
勝手な言い分かもしれないけれど
私より先にあなたが消えてしまったら　私はあなたについていきます
それ程　私にとってあなたは大切な人だから

別れ

別れの日はやって来る事は知っているのに
1日1日過ごして行くと　その日が来てしまうのに
太陽とお月様がゆるしてくれません
別れる事は　とても哀しくて　せつなくて
私の心はゆれてしまいます
どうかお願いです　せめて笑顔でさようなら出来る様に
私の心を強くして下さい

自然と私

鳥が空をとぶ様に
魚が海を泳ぐ様に
太陽が街を照らす様に
風がそよそよとふく様に
月が夜空を照らす様に
星が夜空に輝く様に
私には何が出来るのだろう

さみしくないよ

さみしいの？
さみしくないよ私がいるじゃない
哀しいの？
哀しくないよ　私がいるじゃない
君と同じ気持ちだよ
だから負けないで
だから少しがんばってみようよ
君の笑顔知ってるよ

一人じゃないよ

心が病んでる人には休息を
愛にうえた人には愛情を
そして　これから消えたいと思ってる人には
心から抱きしめて　あなたは一人じゃないんだと伝えたい
一人ではないんだと伝えたい

反省

あなたを悩み苦しめた事
今まであなたを信じきれていなかった事
本当にごめんなさい
もう馬鹿な事はしません
私にはあなたがいてくれる
そう心から想う事が出来たから
年を重ねるたびに笑顔が増える様な
そんな日々をあなたと送りたい
私はあなたを一生一人の人として　愛します

心のページ

人は苦しい時に苦しい事を言えないと
心が病んでしまいます
哀しい時にがまんをすると
心が泣いてしまいます
そんな時は誰かに話してみましょう
心が楽になるはずです
そんな人がきっとあなたのそばに
いるはずです
そんな人が見つからなければ
どうぞノートに心の叫びを
書きとめて下さい。少しは楽になるはずです。
あなたはきっと　ひとりじゃないよ

こうありたい

淋しい人がいるならば私がそばにすわっていてあげましょう
哀しい人がいるならば「おもいきり泣いていいんだよ」と言ってあげましょう
人の心は嬉しかった事よりも淋しかったり哀しかったりの方が心に残ってしまうから
私は天使でも神様でもないけれど
つらく哀しいけいけんをして初めて人を思いやる気持ちが生まれました
私はつねに自分を追いつめ自分さえいなければと思っていました
皆はそんな私を優しく包んでくれて　助けてくれました
私もそんな人になりたいです

あと書き

私はまだ　うつ状態です。

いつも　私がいなければと死ぬことばかり考えていました。

私は一人　私さえいなければと…

でも　違いました。私には家族、親、きょうだい、友達、

お医者さま、近所の人達、幼稚園・小学校のお母さん達、

色々な人に支えられ　今日も生きてます。

私の心を　いやしてくれました。いてくれて　本当にありがとう。

もし、あなたも私と同じ気持ちだったら

あなたはひとりじゃないよと言ってあげたい。

この本を手にした時から　ひとりじゃないよと…

著者プロフィール

星の恵（ほしのめぐみ）

S43.12.30 生
埼玉県立与野農工高等学校（現埼玉県立いずみ高等学校）卒業

本書をお読みになってのご意見・ご感想は、本書にはさみこんであります「ご愛読者カード」に50円切手をおはりいただいてお送りください。

ひとりじゃないよ

2002年 4月15日　初版第 1 刷発行

著　者　星の恵
発行者　瓜谷 綱延
発行所　株式会社 文芸社
〒160-0022　東京都新宿区新宿1-10-1
電話　03-5369-3060（編集）
03-5369-2299（販売）
振替　00190-8-728265

印刷所　図書印刷株式会社

ISBN4-8355-3680-0 C0092